A mes petits enfants

Marty et Harmony

Numéro du livre dans la collection :

Textes de Bernard Brunstein

© Bernard Brunstein pour les illustrations - http://peinturedebernard.over-blog.com/

ISBN :

Histoire et illustrations de

Bernard Brunstein

Le Chat à la Fenêtre

Le chat à la fenêtre

Il arrive parfois que la vie nous fasse rencontrer des personnes avec qui les choses se passent naturellement sans problème. Moi qui suis un chat, le jour où Steve me prit dans ses bras, mon karma et le sien furent sur la même fréquence. Nous habitons au 5éme étage d'un petit immeuble bourgeois à 5mn de Central Parc où, les jours de repos, Steve m'emmène courir dans cet espace de liberté.

Steve travaille comme journaliste correspondant du New York Time et, à cause de son métier, il est souvent en déplacement. Aussi, mon grand plaisir est de venir sur ses genoux lorsqu'il écrit ses articles sur son ordinateur ou de m'allonger sur le clavier et le voir taper en essayant de ne pas me déranger. Nous les chats, nous sommes source d'inspiration des écrivains. Enfin, il se peut que ce soit du fait qu'on les empêche de taper correctement sur le clavier. C'est comme ça que j'ai appris à connaitre la signification des mots. Et oui, je sais lire, pas écrire, car je n'ai pas encore trouvé de stylo adapté à mes pattes.

J'ai bien essayé sur l'ordinateur, mais lorsque je frappe sur le clavier, j'écris quatre lettres à la fois, ce qui rend impossible la lecture de mes écrits.

Pourtant, j'en aurais des choses à dire, car le matin du haut de mon poste d'observation, un immense coussin molletonné posé sur une commode prés de la fenêtre du bureau, je n'ai qu'à ouvrir les yeux pour voir ce qui se passe à l'extérieur. Et c'est de là que je vois partir Steve pour son travail sur sa grosse moto. Ce que je préfère, c'est regarder les gens, les voisins, enfin, la vie du quartier.

J'aurais pu écrire des romans, mais tout cela se passait dans ma tête. Je ne pouvais le dire à personne. Qui aurait pu comprendre le langage «miaou ».

Assez parlé de moi, je ne suis qu'un chat que l'on appelle à tort « de gouttière ».

J'oubliais, Steve m'a en quelque sorte anobli: il aurait pu comme beaucoup de mes congénères, m'appeler Félix. Non, je m'appelle « Le Chat » et depuis que nous sommes ensemble, Steve me raconte tout, ses problèmes et ses joies. Il me parle comme si j'étais un humain et ce matin, il m'a fait part de ses inquiétudes au sujet d'une enquête difficile. Enfin, est-ce à cause de ça, du temps gris, je ne sais pas, mais je n'étais pas dans mon assiette, enfin pas dans ma gamelle. Pourtant Steve s'occupa de moi, câlins, grattouille, ma pâté et mon bol de lait. Et plaisir suprême, les bisous sur mon museau, je n'aurais jamais manqué ça pour tout l'or du monde.

Ce bisou, c'était la signature de son amour pour moi.

Le temps de reprendre mes esprits, je n'arrivais pas à faire disparaitre une angoisse qui s'était installée en moi depuis la veille. J'entendis la porte se fermer. Je me précipitais sur mon observatoire favori. Dans la rue, la ville commençait à s'éveiller. Le boulanger du coin avait déjà ouvert sa boutique et l'odeur de ses croissants remontait jusqu'à moi. En bas, tout en bas, les voitures se suivaient les unes derrière les autres. Les sirènes des ambulances et de la police semblaient crier « Debout, il est l'heure ».Il faut dire que de mon poste, j'ai une vision à cent quatre vingt degrés sur Manhattan.

L'immeuble d'en face se réveillait. C'est un bâtiment « art déco » et c'est le terrain de prédilections pour mes observations .

Au rez-de-chaussée, la concierge rentre ses poubelles, papote avec les passants avant de retourner dans sa loge. Elle a l'air gentille. Elle pense à mes congénères et leur donne des croquettes. Je me demande comment font-ils pour avaler cela, moi qui ne suis habitué qu'à des plats raffinés. Un jour, il faudra que je leur demande. Au premier étage, il n'y a que des bureaux d'avocats et de médecins. Je peux y observer une animation qu'à partir de neuf heures, enfin si l'on peut dire. Je n'ai jamais rien vu d'aussi triste qu'un bureau d'avocats. Le matin, c'est à peine s'ils se disent bonjour, sauf pour parler affaire, je suppose.

Le deuxième étage, c'est là que réside ma préférée. Elle semble célibataire, jeune et belle. Elle occupe tout l'étage dans un superbe appartement avec terrasse. Je ne sais pas quel est son job, mais il me semble qu'elle doit travailler dans l'écriture, romancière peut être, car je la vois souvent devant son ordinateur. Il faudra qu'un jour dans Central Park, je provoque la rencontre de Steve et de cette belle inconnue. Au troisième, un couple de retraité, lui ancien militaire, dirige sa femme comme un bataillon, toujours en opération. Elle, je me suis toujours demandé comment elle arrivait à être toujours impeccable. A croire qu'elle dormait avec un fer à repasser et une coiffeuse .Ses cheveux gris tirés en arrière mettent en valeur l'ovale de son visage. Elle avait du être très belle, encore une beauté sacrifiée sur l'autel du mariage. Le quatrième est occupé par un couple d'antiquaires.

Voilà, j'ai fait un rapide tour de mon environnement et je reste tranquillement en observation, couché sur mon coussin, chauffé par les rayons du soleil, enfin sauf les jours de pluies. Ma vie se borne à alimenter le «journal à potins » de mon esprit.

Ce jour là, je regardais les heures passer du haut de ma fenêtre, pas de Steve à l'horizon. Ce fut la voisine Stessy qui vint me donner à manger. Elle est gentille, car à chaque fois que Steve s'absente, elle assure mon intendance. Je ne sais pas pourquoi, elle se croit obliger de me parler comme à un enfant: « Alors mon minou,c'est Tata. » Je ne voyais pas du tout mon lien de parenté avec cette femme. Donc ce soir là, j'ai eu droit à tout: « Mon minou, vient manger la bonne pâtée de Tata ». Enfin, il faut reconnaître qu'elle rend bien service à Steve.

Je me pliais donc à ses caresses et à ses « mon minou » qu'elle prononçait d'une voix haut perchée.

Le repas terminé, je remontais sur mon coussin pour regarder le soir tomber sur la ville. La vague de couleur jaune des candélabres envahit les rues au fur et à mesure que le ciel s'habillait de nuit.

Celle-ci fut douce, mais Steve n'était pas rentré. Je ne me suis pas inquiété, car ça lui arrivait parfois, même souvent de découcher. Sur le coup de midi, quand je vis arriver notre voisine, là je commençais à me poser des questions.

Comment se faisait-il que Steve ne soit pas là ? Ce n'était pas dans ses habitudes de me laisser si longtemps. Inquiet, je voulais savoir. Profitant que la porte de l'appartement était restée entrouverte, je descendis dans les escaliers à l'affût du moindre bruit. C'est dans le hall d'entrée de l'immeuble que je surpris une conversation entre la concierge et un voisin.

« Vous avez appris pour ce pauvre Steve »

Je restais là, caché dans mon coin, les oreilles dressées pour écouter la suite de la conversation.

« Non ! » répondit le voisin d'un air distrait.

« Il a eu un accident de moto. »

Le voisin eut droit aux détails.

« Vous vous rendez compte, la voiture ne s'est même pas arrêtée et ce pauvre garçon est dans le coma. »

« C'est scandaleux! » s'écria la concierge qui semblait tout connaître de l'affaire.

Pris de panique, je remontais à toute vitesse dans notre appartement.

Heureusement, Stessy n'avait pas fermé la porte et ne s'était pas aperçu de mon absence. Mille questions se bousculaient dans ma tête : « Que voulait dire coma ? Où était il ? Le reverrais-je ? » J'étais perdu dans mes questions quand le téléphone sonna.

Stessy décrocha. Au nom qu'elle prononça, je supposais que ce devait être un ami de Steve, un certain Mike Léo.

Il était venu à la maison et, comme Steve, il était journaliste, enfin avant d'être au chômage. Aujourd'hui, il était professeur de Français.

Je me glissais doucement sur les genoux de Stessy pour ne rien perdre de leur conversation. Elle expliqua à Mike que Steve était dans un sommeil profond dû à un traumatisme cérébral, mais que ses jours n'étaient pas en danger. A ses mots, mon cœur fit un bond dans ma poitrine et si j'avais pu crier ma joie, je l'aurais fait.

Par contre, elle ajouta qu'elle ne savait pas jusqu'à quand il serait hospitalisé et que les médecins attendaient pour statuer sur son cas. Qu'allais-je devenir ?

La voisine donna une réponse qui me rassura.

« Pour le chat ! disait elle. Pas de soucis, je m'en occupe. Il a ses habitudes. Donc, pour moi, il suffit que je lui apporte à manger. »

Je fus rassuré, je pouvais rester chez moi. Les jours passèrent doucement, ponctués par la visite de notre chère voisine qui tous les jours me disait :« Alors mon minou! Oui, tu languis de ton maître. »le tout accompagné d'une caresse. Ce rituel me rassurait, car cela voulait dire que Steve était toujours vivant. Un jour, à midi, on frappa à la porte; tout mes sens étaient aux aguets. J'écoutais. Quelques instants après, Stessy entra avec Mike. « Je suis venu chercher des affaires pour Steve disait il, c'est l'hôpital qui me l'a demandé. »

Mon attention fut attirée quand Stessy dit a Mike:

« C'est quand même drôle que la police n'ai pas retrouvé l'auteur de l'accident ! Sur l'article du journal, il disait qu'il n'y avait pas eu de témoins, mais quand même ! »

Mike eut une réponse mystérieuse: « Je crois que Steve travaillait sur un dossier difficile et que son accident n'en serait pas vraiment un. La police enquête. »

J'échafaudais aussitôt toute une histoire. Mon Steve, un agent secret, aurait été victime d'un attentat ?

Dés que je me suis retrouvé seul, j'allais voir sur la table de la cuisine. Stessy avait laissé le journal ouvert à la page des faits divers. L'article était un entrefilet qui disait qu'un jeune journaliste avait été fauché par un véhicule qui ne s'était pas arrêté. Faute de témoins, l'enquête pour retrouver le coupable s'avérait difficile.

La vie continua avec toutes ses questions auquelles je ne pouvais répondre. Certains jours, je maudissais ma condition de chat. J'aurais voulu partir à la recherche de cette mystérieuse voiture, plutôt que de rester coincé sur mon coussin devant cette fenêtre. Un bon mois passa depuis la visite de Mike, quand un matin, il était à peine sept heures, Stessy fit irruption dans l'appartement : « Allez, aujourd'hui, c'est un grand jour. Steve est de retour ! »

Elle pénétra dans la chambre, défit le lit, ouvrit grand les fenêtres: « Ca sent le renfermer et le chat! » s'écria t'elle.

En temps normal, j'aurais été vexé de cette remarque. Mais j'étais tellement à la joie du retour de Steve que je l'ai classé sans suite. Enfin il arriva; ce n'était pas Steve. C'était deux grands infirmiers qui poussaient un lit sur roulette, sur lequel Steve était allongé, un masque sur le visage et un appareil qui faisait un drôle de bruit au dessus de lui. L'un des infirmiers dit à Stessy « On ne pourra pas l'installer dans la chambre, elle est trop petite, le matériel ne rentrera pas. Mettez le dans le salon. »

Heureusement que Stessy était là. Elle dirigea de main de maître la transformation du salon en chambre et c'est comme ça que Steve ,toujours immobile ,fut de retour chez nous. Quand tout le monde fut parti, je m'approchais du lit pour voir Steve allongé, un masque sur le visage, des tuyaux qui remontaient vers une machine qui faisait « Pfittt, pfitttt ».

Sur le coup, je fis un bond en arrière ,mais quand je compris que la machine ne m'attaquait pas, je m'approchais doucement et je lus « Air comprimé ».

Je n'étais pas fier d'avoir eu peur d'une machine. Rassuré, je fis le tour du lit de Steve, des fils sortaient de son pyjama, ils étaient reliés à une sorte de petite télévision qui faisait Bip, bip, bip, télévision sans image, juste une ligne qui n'arrêtais pas de se briser une fois en haut, une fois en bas.

En réfléchissant, je me dis que son cœur m'envoyait un message, un SOS d'amour en langage codé.J'avais envie de lui parler de lui dire: « Je suis là !» Son visage restait de marbre. Le soir, je désertais mon coussin pour venir me rouler à ses pieds afin de lui donner la chaleur de ma vie.

Les jours et les jours passèrent ponctués par la visite de Stessy et d'une infirmière qui s'occupait de Steve. J'appris qu'elle s'appelait Dorothy. Ces deux femmes m'apportèrent la douceur et l'amour dont j'avais besoin. Sans elles, je serais devenu neurasthénique.

Un matin de septembre, cela faisait plus d'un mois que Steve était rentré à la maison, je me dis qu'il fallait que je fasse quelque chose.

Je décidais d'être ses yeux et ses oreilles, lui qui était dans son monde de silence, de lui raconter tout ce qui se passait dans la rue en bas de chez nous, lui parlait du temps, des ragots que me colportaient Stessy et Dorothy.

Je devenais un chat journaliste. Et voilà comment est né mon journal oral:

« Le chat à la fenêtre ».

Le titre me plut. Il est vrai que dans ma rédaction, il n'y avait pas de contestation. J'étais le rédacteur, non plutôt l'orateur en chef. Tout d'abord, il y avait la une, les grands titres, la météo, la circulation et enfin, les potins.

Et c'est ainsi que tous les matins, du haut de ma fenêtre, je racontais à Steve ma revue de presse. Je donnais des nouvelles de la concierge, de ce bureau d'avocat où il ne se passait jamais grand-chose, enfin tout ce que je voyais. Il faut dire qu'au début, j'avais un peu de mal.

Le monologue est un exercice difficile, mais je me forçais, car j'étais persuadé que Steve m'écoutait.

Cet exercice m'occupait une grande partie de la matinée jusqu'à ce que Dorothy arrive pour faire la toilette de Steve. Là, je m'octroyais une pose syndicale pour m'occuper de moi. La toilette d'un chat est une chose importante. Nous sommes très propres. En plus, je donne la météo, paraît-il. Il suffit que je passe ma patte derrière mon oreille pour annoncer la pluie. Enfin c'est les humains qui l'affirment.

Le temps passa. Je m'étais installé dans mes habitudes. Je continuais tous les matins à jouer mon rôle de journaliste jusqu'au jour où je m'apprêtais à parler de la concierge lorsque j'entendis: « Parle moi plutôt de ce cabinet d'avocat »

C'était la voix de Steve qui parlait dans ma tête. Je bondis pour voir si il était réveillé. Non, Steve n'avait pas bougé toujours avec ses tuyaux et sa machine qui faisait « Bip,bip... » C'est lui qui me rassura.

« Oui, c'est moi, n'ai pas peur, je t'entends, je peux te parler, mais je ne peux pas bouger. Tout cela doit rester un secret entre nous. Tu vas devenir mes yeux et mes oreilles. » Oh! Steve, demande, je suis ton exécutant. Steve me raconta son histoire, ce qu'il était en train de faire dans le cadre de son métier.

Il devait, pour le compte de son journal, enquêter sur un futur candidat à la présidentielle et il était tombé sur une impasse qui le menait droit à ce cabinet d'avocat. Là, les choses s'étaient corsées : « J'ai eu l'impression d'avoir donné un coup de pied dans une fourmilière. Tout a basculé d'un seul coup, mes indics, mes relations. Tout le monde me fuyait comme si j'avais la peste. Il faut dire que le prétendu candidat n'était pas clair. Pourtant, j'ai voulu continuer seul jusqu'au jour de l'accident. Cela fait combien de temps, dis moi. »

Devais-je lui dire la vérité ?

Je pris le parti d'être clair avec lui.

« Cela fait trois mois que tu es là dans ton lit avec cette machine qui fait bip, bip».

Steve poussa un « Oh! » de surprise.

« Il faut rattraper le temps perdu ».

S'adressant à moi, il me dit de trouver le moyen d'aller dans ce bureau d'avocat.

« Il faut que je sache ! »

Je lui dis:« Ecoute, il me semble que par les toits, je pourrais m'y rendre. Je te laisse. »

Steve me dis:« Fais attention, je n'ai que toi ».

Par le balcon, il me fut facile de monter sur le toit terrasse de notre immeuble. Ce qui me permit de me rendre compte que les immeubles formaient un U. Je fis un rapide tour jusqu'à l'immeuble d'en face où se trouvait le bureau d'avocat.

Sur l'arrière de l'immeuble, je découvris un escalier de secours, qui me permettrait de descendre jusqu'au premier étage. Fort de ces renseignements, je retournais rapidement faire un compte-rendu détaillé à Steve.

Il me dit: « Attendons ce soir que le bureau ferme et tu pourras y retourner ».

L'après midi se passa tranquillement. Dorothy vint comme chaque jour s'occuper de Steve, puis Stessy de moi, allongé sur mon poste d'observation. Cinq heures sonna à la pendule. Je n'allais pas tarder à rentrer en action.

J'attendis que Dorothy et Stessy fussent parties pour dire à Steve: « Je file avant qu'il ne fasse nuit ».

Je repris le chemin que j'avais fait le matin jusqu'aux escaliers. Avant de descendre, je fis une halte pour écouter au quatrième. Pas de bruit, mes amis antiquaires devaient être sortis.

Au troisième, le général parlait fort et semblait mener bataille. Au deuxième, je m'aventurais prés de la fenêtre.

La belle n'était pas là. Enfin, au premier, une des fenêtres était entrebâillée, passage facile pour un chat prudent. Je pénétrais à l'intérieur, tous mes sens aux aguets.

Les bureaux étaient vides, la place était à moi. Steve m'avait dit de regarder dans le bureau du responsable. C'est peut-être là que se trouvaient les informations. Heureusement, aucun bureau n'était fermé à clefs. Je fis le tour. Enfin, je trouvais une porte avec une plaque sur laquelle je pus lire Manager. Après deux sauts sur la poignée, la porte s'ouvrit sans bruit. La pièce était occupée par un grand bureau en bois de style moderne. Je bondis dessus. Là, se trouvaient des dossiers rangés comme à la parade, les uns à coté des autres, dans des chemises de couleurs différentes.

Je me mis à lire les titres. Comme la une d'un journal, ils nous donnaient en détail le contenu. Rien ne semblait relier un dossier à l'affaire de Steve sauf un dossier classé X sans autre indication. Prudent, je notais tout dans ma mémoire et je rebroussais chemin, en m'assurant que je n'avais pas laissé de trace sur le bois vernissé. Seule difficulté, comment fermer la porte. La solution fut immédiate. Avec ma pate, je la fis venir à moi. Elle se referma toute seule dans un bruit sec qui sembla réveiller tout le quartier. Je restais un moment immobile, puis je ressortis par la fenêtre. Je ne fis aucun arrêt, car je savais que Stève m'attendait.

« Alors, me demanda Steve ? »

Je lui fis un compte rendu détaillé de mes découvertes. Il me dit: « Je trouve étrange ce dossier classé X. D'autant que tu m'as dis que sur les couvertures des autres, tout est bien détaillé. Il faudra, que tu regardes d'un peu plus prêt. »

Je lui répondis que j'allais essayer, d'autant que le lendemain, c'était samedi et donc j'avais deux jours pour approfondir mon enquête. La nuit fut peuplée d'espions et d'aventures. Le matin, j'allais dire bonjour à Steve.

Il me dit que son cerveau était en ébullition et qu'il avait hâte de connaitre le contenu du dossier classé X. Je lui rappelais qu'il fallait attendre que Dorothy et Stessy soient passées pour que je puisse aller et venir à ma guise. Elles vinrent sur le coup de dix heures. Dorothy s'occupa de Steve et Stessy de moi sans oublier le ménage. Treize heures sonnèrent à la pendule du salon. Il était temps.

Je repris le chemin de la veille sans m'arrêter. La fenêtre était toujours ouverte, les bureaux silencieux. Une fois installé sur le bureau du manager, je me dis: «Comment vais-je ouvrir ce dossier, je ne suis qu'un chat ».

J'utilisais la méthode de la porte, le dossier en carton épais s'ouvrit facilement.

À l'intérieur plusieurs pages dactylographiées sur lesquelles je pus lire : « Dossier en attente top secret. »

Sous le nom de Steve était écrit : « Ce journaliste est gênant ; il compromet le bon déroulement de la campagne, mais surtout de son financement. Il en sait déjà trop, prévoir la défense en cas d'une éventuelle attaque en justice. »

L'implication du bureau d'avocat était claire et nette.

Je fis glisser la première page afin de lire le reste du dossier. La suite contenait des renseignements pour permettre au bureau de préparer la défense du candidat à la présidence. Mais une phrase m'interpella.

« Dans le cas où cette personne mettrait en

Un bruit de porte me fit sursauter. Aux aguets, je m'empressais de refermer le dossier et de me cacher sous la chaise face au bureau. Un bruit de pas, des portes qui s'ouvrent et se referment: c'était le gardien qui faisait sa tournée. Je me précipitais sans me faire voir vers la fenêtre de peur de me faire enfermer.

Une fois dehors, je repris mon souffle. Le soir venait de tomber, je n'avais pas vu passer le temps. Steve, inquiet, n'arrêtait pas de me demander si ça allait. Je le rassurais en lui faisant un compte rendu détaillé de mon investigation. Steve m'écouta sans dire un mot jusqu'à la fin.

« Il faudra retourner et essayer de voir si il n'y a pas d'autres renseignements, surtout comment comptait-il faire pour la solution radicale et par qui. En attendant, repose toi, tu l'as bien mérité, Dorothy ne va pas tarder. »

La nuit fut douce. Je dormis comme un bébé.

Après son départ, je dis à Steve: « Je vais où tu sais ». Il faisait beau, la ville commençait à se réveiller. Je descendis l'escalier sans m'arrêter. Tout était silencieux. Par chance, la fenêtre était toujours entrebâillée. Je fis le tour du bureau pour repérer les lieux et trouver une cachette si toutefois j'étais dérangé. J'ouvris la porte du manager et sautais sur le bureau pour pouvoir lire les dossiers. J'allais droit au but, le dossier classé X. Comme la veille, je fis glisser les feuillets en prenant la précaution de ne rien déranger. Je retrouvais le passage où était mentionnée la solution radicale. La suite était consternante. Tout devait laisser croire à un accident et afin que l'on ne puisse pas remonter, jusqu'à lui , il ne fallait pas regarder à la dépense pour payer l'homme de confiance qui exécuterait la mission. Comment pouvait-il de sang froid parler d'exécution? Mais aucun renseignement précis sur la méthode utilisée. Il me semblait être dans une impasse.

Désespéré, je tournais la dernière page du dossier, quand, glissé dans la couverture, je trouvais un papier plié. Je le pris délicatement et le lus. Deux initiales et un numéro de téléphone était enfin le lien que je cherchais. Je refermais le dossier et comme un chien, je pris le papier dans ma gueule et fis le chemin du retour à toute vitesse sans me faire repérer. Mon cœur battait la chamade quand j'arrivais à la maison. Steve me demanda ce que j'avais pu trouver. Je lui fis part de ma découverte et surtout que j'avais ramené le papier sur lequel étaient notés les indices qui pouvaient nous amener jusqu'au coupable de l'accident et de son ou ses commanditaires. Steve me félicita, mais je sentais dans sa voix un peu de déception. Je lui demandais quel était le problème. Il me répondit :

« Le problème, c'est moi. Nous sommes coincés par mon immobilité ». Je ne sus quoi lui répondre, car je savais qu'il avait raison. Les jours qui suivirent furent moroses.

Je m'efforçais de lui remonter le moral en continuant de lui raconter la vie du quartier.

Un mois passa sans que rien d'extraordinaire ne vienne troubler notre vie. Un matin, c'était le 11 novembre, Stessy vaquait à ses occupations quand soudain, un grand cri. C'était Dorothy:

«Monsieur Steve, monsieur Steve est réveillé! » Stessy cessa son travail.

En effet, Steve venait d'ouvrir les yeux. Ce fut le branle-bas de combat. En moins d'une demi-heure, le médecins et les infirmiers entourèrent le lit de Steve. Voila Steve débarrassé de ses tuyaux et enfin, je retrouvais son sourire.

Son ami Mike Leo vint le voir. Steve lui dit: « Mike j'ai besoin de toi. Tiens, prend ce papier. »

Je reconnus le papier que j'avais volé dans le bureau des avocats. « Et alors, dit Mike, deux initiales SM et un numéro, tu veux que je fasse quoi ? ».

« C'est lui qui a essayé de me tuer, trouve-le ! Dés que tu l'auras identifié vient me voir, je te dirais la suite ».

« Ok, dit Mike, je lance mon réseau d'infos. »

Une semaine passa Steve avait repris des forces. Il faut dire que Stessy et Dorothy s'occupaient bien de lui.

Un matin Mike arriva, Steve était assis face à son ordinateur. « Ca y est, j'ai le renseignement que tu voulais. Il s'agit d'un certain Stephen Martin, ancien GI, aujourd'hui reconverti comme garde du corps. »

Steve demanda :« As-tu pu savoir quel type de véhicule il possède? »

« Oui, un vieux 4x4 type militaire. »
« C'est ça ! C'est ce genre de véhicule qui m'a renversé. »

« Écoute-moi Mike, mon enquête portait sur un homme politique qui se présente aux élections présidentielles. J'ai pu découvrir que le financement de sa campagne venait du trafic de drogue. Il est aujourd'hui intouchable. Il est défendu par le cabinet d'avocats qui se trouve en face de chez moi. Oui, celui du premier étage! Le manager est un grand ténor du barreau. Je sais de source sure qu'il a sur son bureau un document classé X où tout est écrit. Va voir les policiers, demande l'agent spécial John des stups. C'est un ami. C'est avec lui que nous enquêtions sur ce politique. Demande-lui s'il peut avoir un mandat de perquisition pour ce bureau d'avocat. »

« Es-tu sur de ta source? Car là, on risque gros ! » demanda Mike

Steve répondit en me regardant

« Oui, très sur. »

« Alors je fonce. Je te tiens au courant. »

L'attente commença. Je remerciais Steve pour sa confiance. Il se mit à rire : « Si j'avais dit à Mike que ma source, c'était mon chat, tu imagines sa tête. »

Ne sachant pas rire, j'émis un miaulement rauque.

Le lendemain matin Mike arriva en trombe. « Ca y est, la police intervient ce matin. »

Je bondis sur mon poste d'observation et en effet, le bureau d'avocat était envahi par la police.

Sans rien dire à Steve, je me faufilais jusqu'au bureau par mon chemin habituel. La fenêtre était toujours entrebâillée. Je pus comme les dernières fois rentrer. Personne ne fit attention à moi. Qui se méfie d'un chat, à part les souris? Dans le bureau, le manager rouspétait, menaçant de faire intervenir qui de droit.

Puis tout s'accéléra quand celui qui dirigeait l'action, sans doute John, l'ami de Steve cria:

« Ca y est. J'ai trouvé. »

Il brandissait un dossier que je reconnus: le fameux dossier X.

Le lendemain à la une des journaux, on pouvait lire « Un candidat à l'élection présidentielle arrêté pour trafic de drogue et tentative d'assassinat sur la personne d'un journaliste. Ses complices, un bureau d'avocat et un ancien Gi sont sous les verrous. »

Rien, pas une ligne sur moi.

Il arrive parfois que la vie nous fasse faire des choses extraordinaires, mais moi, je ne suis qu'un chat

Toute ressemblance avec une personne ou un chat ayant existé est purement fortuite

Signé

Le Chat

© 2016, Bernard Brunstein

Edition : BoD - Books on Demand
12/14 rond-point des Champs Elysées, 75008 Paris
Impression : Books on Demand GmbH, Norderstedt, Allemagne
ISBN : 9782322132041
Dépôt légal : Décembre 2016